U0113107

清・蒲松齡著

聊齋志異

五册

黄山書社

聊齋志異卷五

狐諧

淄川　蒲松齡　留仙　著

新城　王士正　貽上　評

萬福字子祥博興人也幼業儒家少有而運殊蹇行年二十有奇尚不能掇一芹鄉中澆俗多報富戶役長厚者至碎破其家萬適報充役懼而逃如濟南稅居逆旅夜有奔女顏色頗麗萬悅而私之詰其姓氏女自言實狐但不爲君祟耳萬喜而不疑女囑勿與客共遂日至與共臥處凡日用所需無不仰給於狐居無何二三相識輒來造訪恒信宿不去萬厭之而不忍拒不得已以實告客客願一覩仙容萬白於狐狐謂客曰見我何爲哉我亦猶人耳聞其聲嚦嚦在目前四顧即又不見客有孫得言者善俳諧固請見且謂得聽嬌音魂魄飛越何吝容華徒使人聞聲相思狐笑曰賢孫子欲爲高曾母作行樂圖耶諸客俱笑狐曰我爲狐請與客言狐典頗願聞之否衆唯唯狐曰昔某村旅舍故多狐輒出祟行客客知之相戒不宿其舍半年門戶蕭索主人大憂

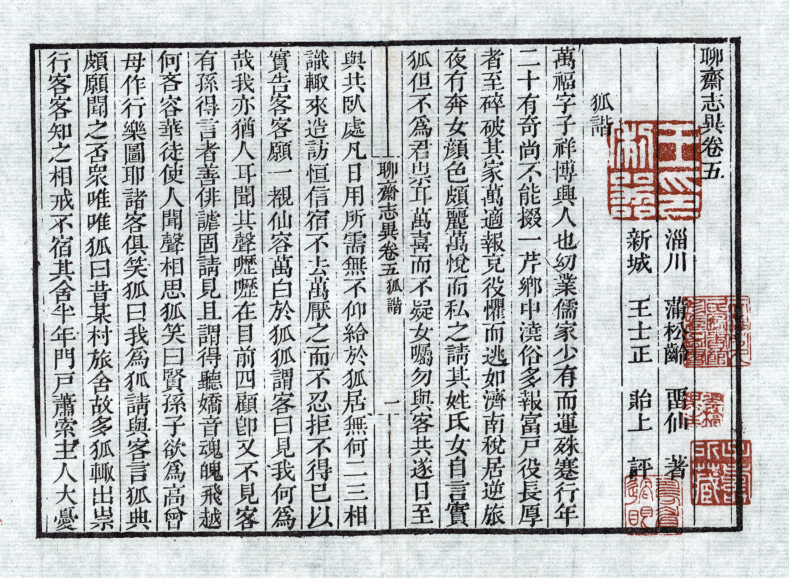

甚諱言狐忽有一遠方客自言異國人望門休止主人
大悅甫邀入門卽有途人陰告曰是家有狐客懼白主
人欲他徙主人力白其妄客乃止入室方臥見羣鼠出
於牀下客大駭驟奔急呼有狐主人驚問客怨曰狐巢
於此何誑我言無主人又問所見何狀客曰我今所見
細細么麽不是狐兒必當是狐孫子言罷座客爲之粲
然孫曰旣不賜見我輩留宿宜勿去阻其陽臺狐笑曰
寄宿無妨倘有小迕犯幸勿滯懷客恐其惡作劇乃共
散去然數日必一來索狐笑駡狐諧甚每一語卽顚倒

賓客滑稽者不能屈也羣戲呼爲狐娘子一日置酒高
會萬居主人位孫與二客分左右座下設一榻屈狐狐
辭不善酒咸請坐談許之酒數行衆擲骰爲瓜蔓之令
客值瓜色會當飲戲以觥移上座曰狐娘子大清醒暫
借一觴狐笑曰我故不飲願陳一典以佐諸公飲孫掩
耳不樂聞客皆言曰駡人者當罰狐笑曰我駡狐何如
衆曰可於是傾耳共聽狐曰昔一大臣出使紅毛國着
狐腋冠見國王王見而異之問何皮毛溫厚乃爾大臣
以狐對王言此物生平未嘗得聞狐字字畫何等使臣

書空而奏曰右邊是一大瓜左邊是一小犬主客又復鬨堂二客陳氏兄弟一名所見一名所聞見孫大窘乃曰雄狐何在而縱雌流毒若此狐曰適一典談猶未終遂爲羣吠所亂請終之國王見使臣乘一騾甚異之使臣告曰此馬之所生又大異之使臣曰中國馬生騾騾生駒王細問其狀使臣曰馬生騾是臣所見騾生駒乃臣所聞舉座又大笑衆知不敵乃相約後有開謔端者罰作東道主頃之酒酣孫戲謂萬曰一聯請君屬之萬曰何如孫曰妓女出門訪情人來時萬福去時萬福合

座屬思不能對狐笑曰我有之矣衆共聽之曰龍王下詔求直諫鱉也得言龜也得言四座無不絕倒孫大恚曰適與爾盟何復犯戒狐笑曰罪誠在我但非此不成確對耳明旦設席以贖吾過相笑而罷狐之恢諧不可殫述居數月與萬偕歸及博興界告萬曰我此處有葭莩親往來久梗不可不一訊日且暮與君同寄宿待旦而行可也萬詢其處指言不遠萬疑前此故無村落姑從之二里許果見一庄生平所未歷狐往叩關一蒼頭出應門入則重門疊閣宛然世家俄見主人有翁與媼

揖萬而坐列筵豐盛待萬以姻婭遂宿焉狐早詣曰我遠偕君歸恐駭聞聽君宜先往我將繼至萬從其言先至預白於家人未幾狐至與萬言笑人盡聞之而不見其人逾年萬復事於濟狐又與俱忽有數人來狐從與語備極寒暄乃語萬曰我本陜中人與君有夙因遂從爾許時今我兄弟至將從以歸不能周事留之不可竟去

續黃粱

福建曾孝廉高捷南宮時與二三新貴遨遊郊郭偶聞毘盧禪院寓一星者因並騎往詣問卜入室而坐星者見其意氣佞諛之曾搖箑微笑便問有蟒玉分否星者正容許二十年太平宰相曾大悅氣益高値小雨乃與遊侶避雨僧舍舍中一老僧深目高鼻坐蒲團上淹蹇不爲禮衆一舉手登榻自話羣以宰相相賀曾心氣殊高指同遊曰某爲宰相時推張年丈作南撫家中表爲叅游我家老蒼頭亦得小千把於願足矣一坐大笑俄聞門外雨益傾注曾倦伏榻間忽見有二中使賫天子手詔召曾太師決國計曾得意疾趨入朝天子前席溫

語良久命三品而下聽其黜陟賜蟒玉名馬曾被服稽首以出入家則非舊所居第繪棟雕榱窮極壯麗自亦不解何以遽至如此然撚髯微呼則應諾雷動俄而公卿贈海物傴僂足恭者疊出其門六卿來倒屣而迎侍郎輩揖與語下此者頷之而已晉撫餽女樂十人皆是好女子其尤者爲嫋嫋爲仙仙二人尤蒙寵顧科頭休沐日事聲歌一日念微時嘗得邑紳王子良周濟我今置身青雲渠尚蹉跎仕路何不一引手早旦一疏薦爲諫議即奉俞旨立行擢用又念郭太僕曾睚眦我即傳呂給諫及侍御陳昌等授以意旨越日彈章交至奉旨削職以去恩怨了了頗快心意偶出郊衢醉人適觸鹵簿即遣人縛付京尹立斃杖下接第連阡者皆畏勢獻沃產自此富可埒國無何而嫋嫋仙仙以次殂謝朝夕遐想忽憶曩年見東家女絕美每思購充媵御輒以綿薄違宿願今日幸可適志乃使幹僕數輩强納貲於其家俄頃藤輿舁至則較昔之望見時尤豔絕也自顧生平於願斯足又逾年朝士竊竊似有腹非之者然各爲立仗馬曾亦高情盛氣不以置懷有龍圖學士包上疏

其略曰竊以曾某原一飲賭無賴市井小人一言之合
榮膺聖眷父紫兒朱恩寵爲極不思捐軀糜頂以報萬
一反恣胸臆擅作威福可死之罪擢髮難數朝廷名器
居爲奇貨量缺肥瘠爲價重輕因而公卿將士盡奔走
於門下估計貪緣儼如負販仰息望塵不可算數或有
傑士賢臣不肯阿附輕則置之閒散重則褫以編氓甚
且一臂不袒輒迕鹿馬之奸遠竄豺狼之地朝士爲之
寒心朝廷因而孤立又且平民膏腴任肆吞食良家女
子强委禽妝沴氣寃氛暗無天日奴僕一到則守令承

顏書函一投則司院枉法或有厮養之兒瓜葛之親出
則乘傳風行雷動地方之供給稍遲馬上之鞭撻立至
荼毒人民奴隸官府扈從所臨野無青草而某方炎炎
赫赫怙寵無悔召對方承於闕下萋菲輒進於君前委
蛇才退於自公聲歌已起於後苑聲色狗馬晝夜荒淫
國計民生罔存念慮世上寧有此宰相乎內外駭訛人
情洶洶若不急加斧鑕之誅勢必釀成操莽之禍臣夙
夜祗懼不敢寧處冒死列款仰達宸聽伏祈斷奸佞之
頭籍貪冒之產上回天怒下快輿情如果臣言虛謬刀

鋸鼎鑊卽加臣身云云疏上曾聞之氣魄悚駭如飲冰水幸而皇上優容留中不發繼而科道九卿交章劾奏卽昔之拜門牆稱假父者亦反顏相向奉旨籍家充雲南軍子任平陽太守已差員前往提問曾方聞旨驚怛旋有武士數十人帶劍操戈直抵內寢褫其衣冠與妻並繫俄見數夫運貲於庭金銀錢鈔以數百萬珠翠瑙玉數百斛幄幕簾榻之屬又數千事以至兒襁女舄遺墜庭階曾一一視之酸心刺目又俄而一人掠美妾出披髮嬌啼玉容無主悲火燒心含憤不敢言俄而樓閣

倉庫並已封誌立叱曾出監者牽挽羅曳而出夫妻吞聲就道求一下駟劣車少作代步亦不可得十里外妻足弱欲傾跌曾時以一手相扳引又十餘里已亦困憊歘見高山直揷霄漢自憂不能登越時挽妻相對泣而監者獰目來窺不容稍停駐又顧斜日已墜無可投止不得已參差蹩躠而行比至山腰妻力已盡泣坐路隅曾亦憩止任監者叱罵忽聞百聲齊譟有羣盜各操利刃跳梁而前監者大駭逸去曾長跪言孤身遠謫橐中無長物哀求宥免羣盜裂眦宣言我輩皆被害冤民祗

乞得佞賊頭他無索取曾叱怒曰我雖待罪乃朝廷命官賊子何敢爾賊亦怒以巨斧揮曾項覺頭墜地作聲魂方駭疑卽有二鬼來反接其手驅之行行踰數刻入一都會頃之覩宮殿殿上一醜形王者憑几決罪福曾前匐伏請命王者閱卷纔數行卽震怒曰此欺君悞國之罪宜置油鼎萬鬼羣和聲如雷霆卽有巨鬼捽至墀下見鼎高七尺已來四圍熾炭鼎足盡紅曾觳觫哀啼竄跡無路鬼以左手抓髮右手握踝抛置鼎中覺塊然一身隨油波而上下皮肉焦灼痛徹於心沸油入口煎烹肺腑念欲速死而萬計不能得死約食時鬼方以巨叉取曾出復置堂下王又檢册籍怒曰倚勢凌人合受刀山獄鬼又捽去見一山不甚廣濶而峻削壁立利刃縱横亂如密筍先有數人胃腸刺腹於其上呼號之聲慘絶心目鬼促曾上曾大哭退縮鬼以毒錐刺腦曾負痛乞憐鬼怒捉曾起望空力擲覺身在雲霄之上暈然一落刃交於胸痛苦不可言狀又移時身軀重贅刀孔漸濶忽焉脫落四支蠖屈鬼又逐以見王王命會計生平賣爵鬻名枉法霸產所得金錢幾何卽有鬈鬚人持

籌握算曰三百二十一萬王曰彼既積來還令飲去少間取金錢堆階上如邱陵漸入鐵釜鎔以烈火鬼使數輩更以杓灌其口流頤則皮膚臭裂入喉則臟腑騰沸生時患此物之少是時患此物之多也半日方盡王者令押去甘州爲女行數步見架上鐵梁圍可數尺綰一大輪其大不知幾百由旬燄生五綵光耿雲霄鬼撻使登輪方合眼躍登則輪隨足轉似覺傾墜遍體生凉開眸自顧身已嬰兒而又女也視其父母則懸鶉敗絮土室之中瓢杖猶存心知爲乞人子日隨乞兒托鉢腹轆轆然常不得一飽着敗衣風常刺骨十四歲鬻與顧秀才備媵妾衣食粗足自給而冢室悍甚日以鞭箠從事輒以赤鐵烙胸乳幸而良人頗憐愛稍自寛慰東鄰惡少年忽踰垣來逼與私乃自念前身惡孽已被鬼責今那得復爾於是大聲疾呼良人與嫡婦盡起惡少年始竄去居無何秀才宿諸其室枕上喋喋方自訴冤苦忽震厲一聲室門大闢有兩賊持刀入竟決秀才首囊括衣物團伏被底不敢復作聲既而賊去乃喊奔嫡室嫡大驚相與泣驗遂疑妾以奸夫殺良人因以狀白刺史

嚴鞫竟以酷刑定罪案依律凌遲處死縶赴刑所胸中冤氣扼塞距踊聲屈覺九幽十八獄無此黑黯也正悲號間聞遊者呼曰兄夢魘耶豁然而悟見老僧猶跏趺座上同侶競相謂曰日暮腹枵何久酣睡曾乃慘淡而起僧微笑曰宰相之占驗否曾益驚異拜而請教僧曰修德行仁火坑中有青蓮也山僧何知焉曾勝氣而來不覺喪氣而返臺閣之想由此淡焉入山不知所終

異史氏曰福善禍淫天之常道聞作宰相而懽然於中者必非喜其鞠躬盡瘁可知矣是時方寸宫室妻妾無

所不有然而夢固爲妄想亦非眞彼以虚作神以幻報黃粱將熟此夢在所必有當以附之邯鄲之後

小獵犬

山右衛中堂爲諸生時厭冗擾徙齋僧院苦室中蜰蟲蚊蚤甚多竟夜不成寢食後偃息在牀忽一小武士首插雉尾身高兩寸許騎馬大如蜡臂上靑韝有鷹如蠅自外而入盤旋室中行且駛公方凝注忽又一人入裝亦如前腰束小弓矢牽獵犬如巨螘又俄頃步者騎者紛紛來以數百輩鷹亦數百臂犬亦數百頭有蚊蠅飛

起縱鷹騰擊盡撲殺之獵犬登牀緣壁搜噬虱蚤凡罅隙之所伏藏嗅之無不出者頃刻之間決殺殆盡公僞睡覘之鷹集犬竄於其身旣而一黃衣人着平天冠如王者登別榻繫駟葦蔑間從騎皆下獻飛獻走紛集盈側亦不知作何語無何王者登小輦衛士倉皇各命鞍馬萬蹄攢奔紛如撒菽烟飛霧騰斯須散盡公歷歷在目駭愕不知所由躡屣外窺渺無跡響返身周視都無所見惟壁磚上遺一細犬公急捉之且馴置硯匣中反覆瞻玩毛極細茸項上有小環飼以飯顆一嗅輒棄去

躍登牀榻尋衣縫齧殺蟣虱旋復來伏臥逾宿公疑其巳往視之則盤伏如故公臥則登牀簀遇蟲輒噉斃蚊蝿無敢落者公愛之甚於拱璧一日晝寢犬潛伏身畔公醒轉側壓於腰底公覺有物固疑是犬急起睇之巳匾而死如紙翦成者然自是蜚蟲無噍類矣

辛十四娘

廣平馮生正德間人少輕脫縱酒昧爽偶行遇一少女着紅帔容色娟好從小奚奴躡露奔波履襪沾濡心竊好之薄暮醉歸道側故有蘭若久蕪廢有女子自內出

則向麗人也忽見生來卽轉身入陰念麗者何得在禪院中縶驢於門往覘其異入則斷垣零落堦上細草如毯徬徨間一斑白叟出衣帽整潔問客何來生曰偶過古剎欲一瞻仰翁何至此叟曰老夫流寓無所暫借此安頓細小旣承寵降有山茶可以當酒乃肅賓入見殿後一院石路光明無復蓁莽入其室則簾幌牀幙香霧噴人坐展姓字云蒙叟姓辛生乘醉問曰聞有女公子未遭良匹竊不自揣願以鏡臺自獻辛笑曰容謀之荆入生卽索筆爲詩曰千金覔玉杵殷勤手自將雲英如

有意親爲擣元霜主人笑付左右少間有婢與辛耳語辛起慰客耐坐牽幕入隱約三數語卽趨出生意必有佳報而辛乃坐與嗢噱不復有他言生不能忍問曰未審意旨幸釋疑抱辛曰君卓犖士傾風已久但有私衷所不敢言耳生固請之辛曰弱息十九人嫁者十有二醮命任之荆人老夫不與焉生曰小生祗要得今朝領小奚奴帶露行者辛不應相對默然聞房內嚶嚶膩語生乘醉搴簾曰伉儷旣不可得當一見顏色以消吾憾內聞鉤動羣立愕顧果有紅衣人振袖傾鬟亭亭拈帶

望見生入遍室張皇辛怒命數人捽生出酒愈湧上倒蓁蕪中兀石亂落如雨幸不着體臥移時聽驢子猶齕草路側乃起跨驢踉蹡而行夜色迷悶悞入澗谷狼奔鴟叫豎毛寒心踟躕四顧並不知其何所遙望蒼林中燈火明滅疑必村落竟馳投之仰見高閎以策撾門內有問者曰何處郎君半夜來此生以失路告問者曰待達主人生累足鵠竢忽聞振管闢扉一健僕出代客捉驢生入見室甚華好堂上張燈火少坐有婦人出問客姓氏生以告踰刻青衣數人扶一老媼出曰郡君至生起立肅身欲拜媼止之坐謂生曰爾非馮雲子之孫耶曰然媼曰子當是我彌甥老身鐘漏並歇殘年向盡骨肉之間殊所乖濶生曰兒少失怙與我祖父處者十不識一焉素未拜省乞便指示媼曰子自知之生不敢復問坐對懸想媼曰甥深夜何得來此生以胆力自矜詡遂一一歷陳所遇媼笑曰此大好事況甥名士殊不玷於姻婭野狐精何得强自高甥勿慮我能爲婉致之生稱謝唯唯媼顧左右曰我不知辛家女兒遂如此端好青衣人曰渠有十九女都翩翩有風格不知官人所聘

行幾生曰年約十五餘矣青衣入曰此是十四娘三月間曾從阿母壽郡君何忘却嫗笑曰是非刻蓮瓣爲高履實以香屑蒙紗而步者乎青衣曰是也嫗曰此婢大會作意弄媚巧然果窈窕阿甥賞鑒不謬卽謂青衣曰可遣小狸奴喚之來青衣應諾去移時入白呼得辛家十四娘至矣旋見紅衣娘子望嫗俯拜嫗曳之曰後爲我家甥婦勿得修婢子禮女子起娉娉而立紅袖低垂嫗理其鬢髮捻其耳環曰十四娘近在閨中作麼生女低應曰閒來只挑繡回首見生羞縮不安嫗曰此吾甥

也盛意與兒作姻好何便教迷途終夜竄谿谷女俛首無語嫗曰我喚汝非他欲爲我甥作伐耳女默默而已嫗命掃榻展裀褥卽爲合巹女覥然曰還以告之父母嫗曰我爲汝作冰有何舛謬女曰郡君之命父母當不敢違然如此草草婢子卽死不敢奉命嫗笑曰小女子志不可奪眞吾甥婦也乃拔女頭上金花一朶付生收之命歸家涓吉以良辰爲定乃使青衣送女去聽遠雞已唱遣人持驢送生出數步外欻一回頭顧則村舍已失但見松楸濃黑蓬顆蔽冢而已定想移時乃悟其處

爲薛尚書墓薛故生祖母弟故相呼以甥心知遇鬼然
亦不知十四娘何人咨嗟而歸漫涓吉以待之而心恐
鬼約難恃再往蘭若則殿宇荒涼問之居人則寺中往
往見狐狸云陰念若得麗人狐亦自佳至日除舍掃途
更僕眺望夜半猶寂生已無望頃之門外譁然躧屣出
窺則繡幰已駐于庭雙鬟扶女坐青廬中妝奩亦無長
物惟兩長鬣奴扛一撲滿大如甕息肩置堂隅生喜得
麗偶並不疑其異類問女曰一死鬼鄉家何帖服之甚
女曰薛尚書今作五都巡環使數百里鬼狐皆備扈從

故歸墓時常少生不忘蹇修翼日往祭其墓歸見二青
衣持貝錦爲賀竟委几上而去生以告女女視之曰此
郡君物也邑有楚銀臺之公子少與生共筆硯頗相狎
聞生得狐婦餽遺爲餪卽登堂稱觴越數日又折簡來
招飲女聞謂生曰曩公子來我穴壁窺之其人猿睛而
鷹準不可與久居也宜勿往生諾之翼日公子造門問
負約之罪且獻新什生評涉嘲笑公子大慚不懽而散
生歸笑述於房女慘然曰公子豺狼不可狎也子不聽
吾言將及於難生笑謝之後與公子輒相諛噱前郤漸

釋會提學試公子第一公子沾沾自喜走伻來邀生飲生辭頻招乃往至則知爲公子初度客從滿堂列筵甚盛公子出試卷示生親友疊肩歎賞酒數行樂奏作於堂鼓吹傖儜賓主樂甚公子忽謂生曰諺云塲中莫論文此言今知其謬小生所以忝出君上者以起處數語略高一籌耳公子言已一座盡贊生醉不能忍大笑曰君到於今尚以爲文章至是耶生言已一座失色公子慚忿氣結客漸去生亦遁醒而悔之因以告女女不樂曰君誠鄉曲之儇子也輕薄之態施之君子則喪吾德施之小人則殺吾身君禍不遠矣我不忍見君流落請從此辭生懼而涕且告之悔女曰如欲我留與君約從今閉戶絶交遊勿浪飲生謹受教十四娘爲人勤儉灑脫日以袵織爲事時自歸寧未嘗踰夜又時出金泉作生計日有贏餘輒投撲滿日杜門戶有造訪者輒囑蒼頭謝去翼日楚公子馳函來女焚爇不以聞翼日出弔於城遇公子于喪者之家捉臂苦邀生辭以故公子使圉人挽轡擁之以行至家立命洗腆繼辭夙退公子要遮無已出家姬彈箏爲樂生素不羈向閉置庭中頗覺

悶損忽逢劇飲興頗豪無復縈念因而酣醉頹臥席間公子妻阮氏最悍妬婢妾不敢施脂澤日前婢入齋中爲阮掩執以杖擊首腦裂立斃公子以生嘲慢故銜生日思所報遂謀醉以酒而誣之乘生醉寐扛尸牀間合扉徑去生五更酲解始覺身臥几上起尋枕榻則有物膩然紲袢步履摸之人也意主人遣僮伴睡又蹵之不動而殭大駭出門怪呼厮役盡起爇之見尸執生怒鬧公子出驗之誣生逼奸殺婢執送廣平隔日十四娘始知潸然曰早知今日矣因按日以金錢遺生生見府尹

無理可伸朝夕搒掠皮肉盡脫女自詣問生見之悲氣塞心不能言說女知陷阱已深勸令誣服以免刑憲生泣聽命女還往之間人咫尺不相窺歸家咨惋遣婢子去獨居數日又托媒媪購良家女名祿兒年已及笄容華頗麗與同寢食撫愛異於羣小生認誤殺擬絞蒼頭得信歸慟述不成聲女聞坦然若不介意既而秋決有日女始皇皇蹀躞晝去夕來無停履每於寂所於邑悲哀至損眠食一日日晡狐婢忽來女頓起相引屏語出則笑色滿容料理門戶如平時翼日蒼頭至獄生寄

語娘子一往永訣蒼頭復命女漫應之亦不愴惻殊落落置之家人竊議其忍忽道路沸傳楚銀臺革爵平陽觀察奉特旨治馮生案蒼頭聞之喜告主母女亦喜卽遣入府探視則生已出獄相見悲喜俄捕公子至一鞫盡得其情生立釋寧家歸見閨中人泫然流涕女亦相對愴楚悲已而喜然終不知何以得達上聽女笑指婢曰此君之功臣也生愕問故先是女遣婢赴燕都欲達宮闈爲生陳冤婢至則宮中有神守護徘徊御溝間數月不得入婢懼悞事方欲歸謀忽聞天子將幸大同婢

乃預往僞作流妓上至构欄極蒙寵眷疑婢不似風塵人婢乃垂泣上問有何冤苦婢對妾原籍廣平生員馮某之女父以冤獄將死遂鬻妾构欄中上慘然賜金百兩臨行細問顛末以紙筆記姓名且言欲與共富貴婢言但得父子團聚不願華膴也上頷之乃去婢以此情告生生急拜淚眥雙熒居無幾何女忽謂生曰妾不爲情緣何處得煩惱君被逮時妾奔走戚眷間並無一人代一謀者爾時酸衷誠不可以告愬今視塵俗益厭苦我已爲君蓄良偶可從此別生聞泣伏不起女乃止夜

遺祿兒侍生寢生拒不納朝視十四娘容光頓減又月餘漸以衰老半載黯黑如村嫗生敬之終不替女忽復言別且曰君自有佳侶安用此鳩盤爲生哀泣如前日又踰月女暴疾絕食飲羸臥閨闥生侍湯藥如奉父母巫醫無靈竟以溘逝生悲怛欲絕卽以婢賜金爲營齋葬數日婢亦去遂以祿兒爲室逾年舉一子然比歲不登家益落夫妻無計對影長愁忽憶堂陬撲滿常見十四娘投錢于中不知尚在否近臨之則豉具鹽盎羅列殆滿頭頭置去箸探其中堅不可入撲而碎之金錢溢

出由此頓大充裕後蒼頭至太華遇十四娘乘青騾婢子跨蹇以從問馮郎安否且言致意主人我已名列仙籍矣言訖不見

異史氏曰輕薄之詞多出於士類此君子所悼惜也余嘗冒不韙之名言宛則已迂然未嘗不刻苦自勵以勉附於君子之林而禍福之說不與焉若馮生者一言之微幾至殺身苟非室有仙人亦何能解脫囹圄以再生於當世耶可懼哉

白蓮教

白蓮教某者山西人忘其姓名大約徐鴻儒之徒左道惑衆慕其術者多師之某一日將他往堂中置一盆又一盆覆之囑門人坐守戒勿啟視去後門人啟之視盆貯清水水上編草爲舟帆檣具焉異而撥以指隨手傾側急扶如故仍覆之俄而師來怒責何違吾命門人立白其無師曰適海中舟覆何得欺我又一夕燒巨燭於堂上戒恪守勿以風滅漏二滴師不至儽然而殆就牀暫寐及醒燭已竟滅急起爇之既而師入又責之門人曰我固不曾睡燭何得息師怒曰適使我暗行十餘里

尚復云云耶門人大駭如此奇行種種不勝書後有愛妾與門人通覺之隱而不言遣門人飼豕門人入圈立地化爲豕某即呼屠人殺之貨其肉人無知者門人父以子不歸過問之辭以久弗至門人父回家諸處探訪絕無消息有同師者隱知其事洩諸門人父門人父告之邑宰宰恐其遁不敢捕治達於上官請甲士千人圍其第妻子皆就執閉置樊籠將以解都途經太行山山中出一巨人高與樹等目如盎口如盆牙長尺許兵士愕立不敢行某曰此妖也吾妻可以却之乃如其言脫

妻縛妻荷戈往巨人怒吸吞之衆愈駭某曰既殺吾妻是須吾子乃復出其子又被吞如前狀衆各對覷莫知所爲某泣且怒曰既殺吾妻又殺吾子情何以甘然非某自往不可也衆果出諸籠授之刃而遣之巨人盛氣而逆格鬬移時巨人抓攫入口伸頸咽下從容竟去

胡四相公

萊蕪張虛一者學使張道一之仲兄也性豪放自縱聞邑中某氏宅爲狐狸所居敬懷刺往謁冀一見之投刺隟中移時扉自闢僕者大愕却退張肅衣敬入見堂中几榻宛然而闃寂無人遂揖而祝曰小生齋宿而來仙人既不以門外見斥何不竟賜光霽忽聞虛室中有人言曰勞君枉駕可爲跫然足音矣請坐賜教即見兩座自移相向甫坐即有鏤漆硃盤貯雙茗醆懸目前各取對飲吸瀝有聲而終不見其人茶已繼之以酒細問官閥曰弟姓胡氏於行爲四曰相公從人所呼也於是酬酢議論意氣頗洽鱉羞鹿脯雜以薌蓼進酒行炙者似小輩甚夥酒後頗思茶意纔少動香茗已寘几上凡有所思無不應念而至張大悅盡醉始歸自是三數日必

一訪胡胡亦時至張家並如主客往來禮一日張問胡曰南城中巫媼日托狐神漁病家利不知其家狐君識之否胡曰彼妄耳實無狐少間張起溲溺聞小語曰適所言南城狐巫未知何如人小人欲從先生往觀之煩一言請於主人張知爲小狐乃應曰諾卽席而請於狐曰我欲得足下服役者一二輩往探狐巫敬請君命狐固言不必張言之再三乃許之旣而張出馬自至如有控者旣騎而行狐相語於途謂張曰後先生于道途聞覺有細沙散落衣襟上便是吾輩從也語次進城至巫

家巫見張至笑迎曰貴人何忽得臨張曰聞爾家狐子大靈應果否巫正容曰若箇蹀躞語不宜貴人出得何便言狐子恐吾家花姊不懽言未巳空中發半磚來中巫臂踉蹡欲跌驚謂張曰官人何得拋擊老身也張笑曰婆子盲也幾曾見自巳額顱破冤誣袖手者巫錯愕不知所出正回惑間又一石子落中巫顚蹷穢泥亂墜塗巫面如鬼惟哀號乞命張請恕之乃止巫急起奔遁房中闔戶不敢出張呼與語曰爾狐如我狐否巫惟謝過張仰首望空中戒勿復傷巫巫始惕惕而出張笑諭

之乃還由是每獨行於途覺塵沙淅淅然則呼狐語輒應不訛虎狼暴客恃以無恐如是年餘愈與狐莫逆嘗問其甲子殊不自記憶但言見黃巢反猶如昨日一夕與話忽牆頭蘇然作響其聲甚厲張異之胡曰此必家兄張言何不邀來共坐曰伊道頗淺祇好攫雞啗便了足耳張謂狐曰交情之好如吾兩人可云無憾終未一見顏色殊屬恨事胡曰但得交好足矣見面何為一日置酒邀張且告别問將何往曰弟陝中產將歸去矣君每以對面不覿為恨今請一識數歲之友他日可相認

耳張四顧都無所見胡曰君試開寢室門則弟在焉張如其言推扉一覷則內有美少年相視而笑衣裳楚楚眉目如畫轉瞬之間不復覩矣張反身而行即有履聲藉藉隨其後曰今日釋君憾矣張依戀不忍别胡曰離合自有數何容介介乃以巨觥勸酒飲至中夜始以紗燭導張歸及明往探則空房冷落而已後道一先生為西川學使張清貧猶昔因往視弟願望頗奢月餘而歸甚違初意咨嗟馬上嗒若喪偶忽一少年騎青駒躡其後張回顧見裘馬甚麗意甚騷雅遂與閑語少年察張

不豫詰之張因欷歔而告以故少年亦爲慰藉同行里許至岐路中少年乃拱手別曰前途有一人寄君故人一物乞笑納也復欲詢之馳馬逕去張莫解所由又二三里許見一蒼頭持小簏子獻於馬前曰胡四相公敬致先生張豁然頓悟受而開視則白鏹滿中及顧蒼頭已不知所之矣

仇大娘

仇仲晉人忘其郡邑値大亂爲寇俘去二子福祿俱幼繼室邵氏撫雙孤遺業幸能溫飽而歲屢祲豪强者復

凌藉之遂至食息不保仲叔尚廉利其嫁屢勸駕而邵氏矢志不搖廉陰券於大姓欲强奪之關說已成而他人不之知也里人魏名夙狡獪與仲家積不相能事事思中傷之因邵寡僞造浮言以相敗辱大姓聞之惡其不德而止久之廉之陰謀與外之飛語邵漸聞知寃結胸懷朝夕隕涕四體漸以不仁委身牀榻福甫十六歲因縫紉無人遂急爲畢婚婦姜秀才屺瞻之女頗稱賢能百事賴以經紀由此用漸裕乃使祿從師讀魏忌嫉之而陽與善頻招福飲福倚爲腹心之交魏乘間告曰

尊堂病廢不能理家人生產弟坐食一無所操作賢夫婦何爲作馬牛哉且弟買婦將大耗金錢爲君計不如早析則貧在弟而富在君也福歸謀諸婦婦咄之柰魏日以微言相漸漬福惑爲直以己意告母母怒詬罵之福益恚輙視金粟爲他人之物也者而委棄之魏乘機誘與博賭倉粟漸空婦知而未敢言既至糧絕母駭問始以實告母憤怒而無如何遂析之幸姜女賢旦夕爲母執炊奉事一如平日福既析益無顧忌大肆淫賭數月間田產悉償戲債而母與妻皆不及知福貲既罄無

所爲計因券妻貸貲而苦無受者邑人趙閻羅原漏網之巨盜武斷一鄉固不畏福言之食也慨然假貲福持去數日復空意踟躕將背券盟趙橫目相加福大懼賺妻付之魏聞竊喜急奔告姜實將傾敗仇也姜怒訟與福懼甚亡去姜女至趙家始知爲壻所賣大哭但欲覓死趙初慰諭之不聽既威逼之益罵大怒鞭撻之終不肯服因拔笄自刺其喉急救已透食管血溢出趙急以帛束其項猶冀從容而挫折焉明日牒已至趙行行殊不置意官驗女傷重命笞之隸相顧無敢用刑官久聞

其横暴至此益信大怒喚家人出立斃之姜遂舁女歸自姜之訟也邵氏始知福不肖狀一號幾絕冥然大漸祿時年十五煢煢無以自主先是仲有前室女大娘嫁於遠郡性剛猛每歸寧饋贈不滿其意輒迕父母往往以憤去仲以是怒惡之又因道遠遂數載不一存問邵氏垂危魏欲招之來而啟其爭適有貿販者與大娘同里便托寄語大娘且歆以家之可圖數日大娘果與少子至入門見幼弟侍病母景象慘澹不覺愴惻因問弟福祿備告之大娘聞之忿氣塞吭曰家無成人遂任人蹂躪至此吾家田產諸賊何得賺去因入廚下爇火炊糜先供母而後呼弟及子共啖之啖已忿出詣邑投狀訟諸博徒衆懼斂金賂大娘大娘受其金而仍訟之邑令拘甲乙等各加杖責田產殊置不問大娘憤不已率子赴郡郡守最惡博者大娘力陳孤苦及諸惡局騙之狀情詞慷慨守爲之動判令邑宰追田給主仍懲仇福以儆不肖既歸邑宰奉令敲比於是故產盡反大娘時已久寡乃遣少子歸且囑從兄務業勿得復來大娘由此止母家養母教弟內外有條母大慰病漸瘥家務悉

委大娘里中豪强少見淩暴輒握刀登門侃侃爭論罔不屈服居年餘田產日增時市藥餌珍肴餽遺姜女又見祿漸長成頻囑媒爲之覓姻魏告人曰仇家產業悉屬大娘恐將來不可復返矣人咸信之故無肯與論婚者有范公子子文家中名園爲晉第一園中名花夾路直通內室或不知而悞入之値公子私宴怒執爲盜杖幾死會清明祿自塾中歸魏引與遊遨遂至園所魏故與園丁有舊放令入周歷亭榭俄至一處溪水洶湧有畫橋朱檻通一漆門遙望門內繁花如錦蓋即公子內

齋也魏紿之曰君請先入我適欲私焉祿信步尋橋入戶至一院落聞女子笑聲方停步間一婢出窺見旋踵即返祿始駭奔無何公子出叱家人綰索逐之祿大窘自投溪中公子反怒爲笑命諸僕引出見其容裳都雅便令易其衣履曳入一亭詰其姓氏藹容溫語意甚親暱俄趨入內旋出笑握祿手過橋漸達曩所祿不解其意逡巡不敢入公子強曳入之見花籬內隱隱有美人窺伺既坐則羣婢行酒祿辭曰童子無知悞踐閨闥得蒙赦宥已出非望但願釋令早歸受恩非淺公子不聽

俄頃肴炙紛紜祿又起辭以醉飽公子捺坐笑曰僕有一樂拍名若能對之卽放君行祿唯唯請教公子云拍名渾不似祿默思良久對曰銀成沒柰何公子大笑曰眞石崇也祿殊不解蓋公子有女名蕙娘美而知書日擇良耦夜夢一人告之曰石崇汝壻也問何在曰明日落水矣早告父共以爲異祿適符夢兆故邀入內舍使夫人女輩共覘之也公子聞對而喜乃曰拍名乃小女所擬屢思而無其偶今得屬對亦有天緣僕欲以息女奉箕帚寒舍不乏第宅更無煩親迎耳祿惶然遜謝且以母病不能入贅爲辭公子姑令歸謀遂遣圉人負溼衣送之以馬旣歸告母母驚爲不祥於是始知魏氏險然因凶得吉亦置不讎但戒子遠絕而已踰數日公子又使人致意母母終不敢應大娘應之卽倩雙媒納采焉未幾祿贅入公子家年餘遊泮才名籍甚妻弟長成敬少弛祿怒攜婦而歸母已杖而能行頻歲賴大娘經紀第宅亦頗完好新婦旣歸婢僕如雲宛然有大家風焉魏又見絕嫉妬益深恨無瑕之可蹈時有巨盜事發遠竄乃誣祿寄貲祿依令徙口外范公子上下賄託僅

以蕙娘免行囙產盡沒入官幸大娘執析產書銳身告理新增良沃如干頃悉垦福名母女始得安居祿自分不反遂書離婚字付岳家伶丁自去行數日至北都飯於旅肆有丐子怔營戶外貌絕類兄近致訊詰果兄祿因自述兄弟悲慘祿解複衣分數金囑令歸福泣受而別祿至關外寄將軍帳下爲卒因祿文弱俾主支籍與諸僕同棲止僕輩研問家世祿悉告之內一人驚曰是吾兒也蓋仇仲初爲寇家牧馬後寇逃竄仲遂流徙關外爲將軍僕向祿緬述始知眞爲父子抱首悲哀一室

爲之酸辛居無何將軍獲巨盜數十中有一人卽曩時魏所誣祿之盜魁也旣具供狀父子咸泣告將軍將軍爲之昭雪上聞命地方官贖業歸仇父子各喜祿細問家口爲贖身計乃知仲投將軍有年兩易配而無所出時方鰥也祿遂治任返初福別弟歸蒲伏自投大娘奉母坐堂上操杖問之汝願受扑責便可姑留不然汝田產旣盡亦無汝啜飯之所請仍去福涕泣伏地願受笞大娘投杖曰賣婦之人亦不足懲但宿案未消再犯首官可耳卽使人往告姜姜女罵曰我是仇氏何人而相

告也大娘頻述告福而抑揄之福慚愧不敢出氣居半
年大娘雖給奉周備而役同厮養福操作無怨詞託以
金錢輒不苟大娘察其無他乃白母求姜女復歸母意
其不可復挽大娘曰不然渠如肯事二主楚毒豈肯自
罹要不能不有此忿耳遂率弟躬往負荆岳父母詬讓
良切大娘叱使長跪然後請見姜女請之再四堅避不
出大娘搜捉以出女乃指福唾罵福慚汗無以自容姜
母始曳令起大娘請問歸期女曰向受姊惠綦多今承
尊命豈復有異言但恐不能保其不再賣也且恩義已

絕更何顏與黑心無賴子共生活哉請別營一室妾往
奉事老母較勝披削足矣大娘代白其悔爲翼日之約
而別次朝以乘輿取歸母逆於門而跪拜之女伏地大
哭大娘勸止置酒爲歡命福坐案側乃執爵而言曰我
苦爭者非自利也今弟悔過貞婦復還請以簿籍交納
我以一身來仍以一身去耳夫婦皆興席改容羅拜哀
泣大娘乃止居無何昭雪之命下不數日田宅悉還故
主魏大駭不知其故自恨無術可以復施適西鄰有回
祿之變魏托救焚而往暗以編菅爇祿第風又暴作延

指衆多一時撲滅而厨中百物俱空矣兄弟皆謂其物不祥後値父壽魏復餽牽羊却之不得繫羊庭樹夜有僮被僕毆忿趨樹下解羊索自經死兄弟歎曰其福之不如其禍之也自是魏雖殷勤竟不敢受其寸縷寧厚酬之而已後魏老貧而作丐毎周以布粟而德報之

異史氏曰噫嘻造物之殊不由人也益讎之而益福之彼機詐者無謂甚矣顧受其愛敬而反以得禍不更奇哉此可知盜泉之水一掬一汙也

李伯言

李生伯言沂水人抗直有肝胆忽暴病家人進藥却之曰吾病非藥餌可療陰司閻羅缺欲吾暫攝其篆耳勿埋我宜待之是日果死騶從導去入一宮殿進服冕隸胥祗候甚肅案上簿書叢沓一宗江南某稽生平所私良家女八十二人鞫之佐證不誣按冥律宜炮烙堂下有銅柱高八九尺圍可一抱空其中而熾炭焉表裏通赤羣鬼以鐵蒺藜撻驅使登手移足盤而上甫至頂則烟氣飛騰崩然一響如爆竹人乃墮團伏移時始復蘇又撻之爆墮如前三墮則匝地如烟而散不能復成形

矣又一起爲同邑王某被婢父訟盜占生女王即生姻家先是一人賣婢王知其所來非道而利其直廉遂購之至是王暴卒越日其友周遇於途知爲鬼奔避齋中王亦從入周懼而覘問所欲爲王曰煩作見證於冥司耳驚問何事曰余婢實價購之今被誣控此事君親見之惟借季路一言無他說也周固拒之王出曰恐不由君耳未幾周果死同赴閻羅質審李見王隱存左袒意忽見殿上火生燄燒梁棟李大駭側足立吏隱進曰陰曹不與人世等一念之私不可容急消他念則火自熄

李歛神寂慮火頓滅已而鞫狀王與婢父反復相詰問周周以實告王以故犯論笞笞訖遣人俱送回生周與王皆三日而甦李視事畢輿馬而返中途見缺頭斷足者數百輩伏地哀鳴停車研詰則異鄉之鬼思踐故土恐關隘阻隔乞求路引李曰余攝任三日已解任矣何能爲力衆曰南村胡生將建道場代囑可致李諾之至家騶從都去李乃甦胡生字水心與李善聞李再生便詣探省李遽問清醮何時胡訝曰兵燹之後妻孥瓦全向與室人作此願心未向一人道也何知之李具以告

胡歎曰閻房一語遂播幽冥可懼哉乃敬諾而去次日
如王所王猶傴臥見李肅然起敬申謝佑庇李曰法律
不能寬假今幸無恙乎王云已無他症但笞創膿潰耳
又二十餘日始痊臀肉腐落瘢痕如杖者
異史氏曰陰司之刑慘於陽世責亦苛於陽世然關說
不行則受殘酷者不怨也誰謂夜臺無天日哉第恨無
火燒臨民之堂廨耳

黃九郎

何師參字子蕭齋於苕溪之東門臨曠野薄暮偶出見

婦人跨驢來少年從諸其後婦約五十許意致清越轉
視少年年可十五六丰采過於姝麗何生素有斷袖之
癖睹之神出於舍翹足目送影滅方歸次日早伺之落
日冥濛少年始過生曲意承迎笑問所來荅以外祖家
生請過齋少年辭以不暇固曳之乃入略坐興辭堅不
可挽生握手送之殷囑便道相過少年唯唯而去生由
是凝思如渴往來眺注足無停趾一日銜半規少年
欻至大喜要入命館僮行酒問其姓字荅云黃姓第九
童子無字問過往何頻曰家慈在外祖家常多病故數

省之酒數行欲辭去生捉臂遮留下管鑰九郎無如何赧顏復坐挑燈共語溫若處子而詞涉游戲便含羞面向壁未幾引與同衾九郎不許堅以睡惡爲辭強之再三乃解上下衣着袴臥牀上生滅燭少時移與同枕曲肘加髀而狎抱之苦求私暱九郎怒曰以君風雅士故與流連乃此之爲是禽處而獸愛之也未幾晨星熒熒九郎逕去生恐其遂絕復伺之蹀躞凝眸目穿北斗過數日九郎始至逆謝過強曳入齋促坐笑語竊幸其不念舊惡無何解履登牀又撫哀之九郎曰纏綿之意已鏤肺鬲然親愛何必在此生甘言糾纏但求一親玉肌九郎從之生俟其睡寐潛就輕薄九郎醒攬衣遽起乘夜遁去生邑邑若有所亡忘啜廢枕日漸委悴惟日使齋僮邏偵焉一日九郎過門卽欲逕去僮牽衣入之見生清癯大駭慰問生實告以情淚涔涔隨聲零落九郎細語曰區區之意實以相愛無益於弟而有害於君故不爲也君既樂之僕何惜焉生大悅九郎去後疾頓減數日平復九郎果至遂相繾綣曰今勉承君意幸勿以此爲常既而曰欲有所求肯爲力乎問之答曰母患心

痛惟太醫齊野王先天丹可療君與善當能求之生諾
之臨去又囑生入城求藥及暮付之九郎喜上手稱謝
又强與合九郎曰勿相糾纏請為君圖一佳人勝弟萬
萬矣生問誰何曰有表妹美無倫倘能垂意當執柯斧
生微笑不答九郎懷藥便去三日乃來復求藥生恨其
遲詞多誚讓九郎曰本不忍禍君故踈之既不蒙見諒
請勿悔焉由是燕會無虛夕凡三日必一乞藥齊怪其
頻曰此藥未有過三服者胡久不瘥因裹三劑並授之
又顧生曰君神色黯淡病乎曰無脉之驚曰君有鬼脉

病在少陰不自慎者殆矣歸語九郎九郎歎曰良醫也
我實狐恐不為君福生疑其誑藏其藥不以盡予慮其
弗至也居無何果病延齊診視曰曩不實言今魂氣已
遊墟莽秦緩何能為力九郎日來省視曰不聽吾言果
至於此生尋卒九郎痛哭而去先是邑有某太史少與
生共筆硯十七歲擢翰林時秦藩貪暴而賂朝士無有
言者公抗疏劾其惡以越俎免藩陞是省中丞日伺公
隙公少有英稱曾邀叛王青盼因購得舊所往來札脅
公公懼自經夫人亦投繯死公越宿忽甦曰我何子蕭

也詰之所言皆何家事方悟其借軀返魂遁之不可出
弃舊舍撫疑其詐必欲排陷之使人索千金於公公僞
諾而憂悶欲絕忽通九郎至喜共話言悲懽交集既欲
復狎九郎曰君有三命耶公曰余悔生勞不如死逸因
訴冤苦九郎悠然以思少間曰幸復生聚君曠無偶前
言表妹慧麗多謀必能分君憂欲一見顏色曰不難明
日將取伴老母此道所經君僞爲弟也兄者我假渴而
求飲爲君曰驢子亡則諾也計已而別明日亭午九郎
果從女郎經門外過公拱手絮絮與語略睨女郎娥媚

秀曼誠仙人也九郎索茶公請入飲九郎曰三妹勿訝
此兄盟好不妨少休止扶之而下繫驢於門而入公自
起瀹茗因目九郎曰君前言不足以盡今得死所矣女
似悟其言之爲已者離榻起立嚶喔而言曰去休公外
顧曰驢子其亡九郎火急馳出公擁女求合女顏色紫
變窘若囚拘大呼九兄不應曰君自有婦何喪人廉耻
也公自陳無室女曰能矢河山勿令秋扇見捐則惟命
是聽公乃誓以皦日女不復拒事已九郎至女色然怒
讓之九郎曰此何子蕭昔之名士今之太史與兄最善

其人可依郎聞諸妗氏當不相見罪日向晚公要遮不聽去女恐姑母駭怪九郎銳身自任跨驢逕去居數日有婦攜婢過年四十許神情意致雅似三娘公呼女出窺果母也瞥睹女怪問何得在此女慚不能對公邀入拜而告之母笑曰九郎稚氣胡再不謀女自入廚下設食供母食已乃去公得麗偶頗快心期而惡緒縈懷恒蹙蹙有憂色女問之公緬述顛末女笑曰此九兄一人可得解君何憂公詰其故女曰聞撫公溺聲歌而比頑童此皆九兄所長也投所好而獻之怨可消讎亦可復

公慮九郎不肯女曰但請哀之越日公見九郎來肘行而逆之九郎驚曰兩世之交但可自效頂踵所不敢惜何忽作此態向人公具以謀告九郎有難色女曰妾失身於郎誰實爲之脫令中途彫喪焉置妾也九郎不得已諾之公陰與謀馳書於所善之王太史而致九郎焉王會其意大設招撫公飲命九郎飾女裝作天魔舞宛然美女撫惑之亟請於王欲以重金購九郎惟恐不得當王故沉思似難之遲之又久始將公命以進撫喜前郤頓釋自得九郎動息不相離侍妾十餘視同塵土九

郎飲食供具如王者賜金萬計半年撫公病九郎知其去冥路近也遂輦金帛假歸公家旣而撫公薨九郎出貲起屋置器畜婢僕母子及妗並家焉九郎出裘馬甚都人不知其狐也余有笑判並志之

男女居室爲夫婦之大倫燥溼互通乃陰陽之正竅迎風待月尚有蕩檢之譏斷袖分桃難免掩鼻之醜人必力士鳥道方可生開洞非桃源漁篙寧容倏入今某從下流而忘反舍正路而不由雲雨未興輙爾上下其手陰陽反背居然表裏爲奸華池置無用之鄉謬說老僧入定蠻洞乃不毛之地遂使眇帥稱戈繫赤兎於轅門如將射戟探大弓於國庫直欲斬關或是監內黃鱣訪知交於昨夜分明王家朱李索鑽報於來生彼黑松林戎馬頻來固相安矣設黃龍府潮水忽至何以禦之宜斷其鑽刺之根兼塞其送迎之路

金陵女子

沂水居民趙某以故自城中歸見女子白衣哭路側甚哀睨之美悅之凝注不去女垂涕曰夫夫也路不行而

顧我趙曰我以曠野無人而子哭之慟實愴於心女曰夫死無歸是以哀耳趙勸其復擇良匹曰渺兹一身其何能擇如得所託媵之可也趙忻然自薦女從之趙以去家遠將覓代步女言無庸乃先行飄忽若奔至家操井臼甚勤積二年餘謂趙曰感君戀戀猥相從忽已二年今宜且去趙曰曩言無家今焉往曰彼時漫爲是言耳何得無家身父貨藥金陵倘欲再晤可載藥往當助資斧趙經營爲貰輿馬女辭之出門逕去追之不及瞬息遂杳居久之頗涉懷想因市藥詣金陵寄貨旅邸詣

衢市忽藥肆一翁望見曰壻至矣延之入女方浣裳庭中見之不言亦不笑浣不輟趙銜恨遽出翁又曳之返女不顧如初翁命治具作飲謀厚贈之女止之曰渠福薄多將不任宜少慰其苦辛再撿十數醫方與之便喫著不盡矣翁問所載藥女云已售之矣直在此翁乃出方付金送趙歸試其方有奇驗沂水尚有能知其方者以蒜臼接茅簷雨水洗瘊贅其方之一也良效

王漁洋云女子大突兀

連瑣

楊于畏移居泗水之濱齋臨曠野牆外多古墓夜聞白楊蕭蕭聲如濤湧夜闌秉燭方復悽斷忽牆外有人吟曰元夜淒風却倒吹流螢惹草復沾幃反復吟誦其聲哀楚聽之細婉似女子疑之明日視牆外並無人跡惟有紫帶一條遺荊棘中拾歸置諸牕上向夜二更許又吟如昨楊移杌登望吟頓輟悟其爲鬼然心向慕之次夜伏伺牆頭一更向盡有女子珊珊自草中出手扶小樹低首哀吟楊微嗽女急入荒草而沒楊由是伺諸牆下聽其吟畢乃隔壁而續之曰幽情苦緒何人見翠袖

單寒月上時久之寂然楊乃入室方坐忽見麗者自外來斂衽曰君子固風雅士妾乃多所畏避楊喜拉坐瘦怯凝寒若不勝衣問何居里久寄此間荅曰妾隴西人隨父流寓十七暴疾殂謝今二十餘年矣九泉荒野孤寂如鶩所吟乃妾自作以寄幽恨者思久不屬蒙君代續懽生泉壤楊欲與懽蹙然曰夜臺朽骨不比生人如有幽懽促人壽數妾不忍禍君子也楊乃止戲以手探胸懷則雞頭之肉依然處子又欲視其裙下雙鉤女俯首笑曰狂生太囉唕矣楊把玩之則見月色錦襪約綵

線一綹更視其一則紫帶繫之問何不俱帶曰昨宵畏君而避不知遺落何所楊曰爲卿易之遂卽牕上取以授女女驚問何來因以實告乃去綫束帶旣翻案上書忽見連昌宮詞慨然曰妾生時最愛讀此今視之殆如夢寐與談詩文慧黠可愛翦燭西牕如得良友自此每夜但聞微吟少頃卽至輒囑曰君秘勿宣妾少胆怯恐有惡客見侵楊諾之兩人懽同魚水雖不至亂而閨閣之中誠有甚於畫眉者女每於燈下爲楊寫書字態端媚又自選宮詞百首錄誦之使楊治棋枰購琵琶每夜教楊手談不則挑弄絃索作蕉牕零雨之曲酸人胸臆楊不忍卒聽則爲曉苑鶯聲之調頓覺心懷暢適挑燈作劇樂輒忘曉視牕上有曙色則張皇遁去一日薛生造訪値楊晝寢視其室琵琶棋局具在知非所善又翻書得宮辭見字跡端好益疑之楊醒薛問戲具何來答欲學之又問詩卷托以假諸友人薛反覆撿玩見最後一葉細字一行云某日月連瑣書笑曰此是女郎小字何相欺之甚楊大窘不知置詞薛詰之益苦楊不以告薛執卷挾之楊益窘遂告之薛求一見楊因述所囑薛

仰慕殷切楊不得已諾之夜分女至爲致意焉女怒曰所言伊何乃已喋喋向人楊以實情自白女曰與君緣盡矣楊百辭慰解終不懽起而別去曰妾暫避之明日薛來楊代致其不可薛疑支托暮與牕友二人來淹留不去故撓之恒終夜譁大爲楊生白眼而無如何衆見數夜沓然寖有去志喧囂漸息忽聞吟聲共聽之悽婉欲絶薛方傾耳神注內一武友王生掇巨石投去大呼曰作態不見客甚得好句嗚嗚惻惻使人悶損吟頓止衆甚怒之楊恚憤見於詞色次日始共去楊獨宿空齋

冀女復來而殊無影跡踰二日女忽至泣曰君致惡賓幾嚇煞妾楊謝過不遑女遽出曰妾固謂緣分盡也從此別矣挽之已渺由是月餘更不復至楊思之形銷骨立莫可追挽一夕方獨酌忽女子搴幃入楊喜極曰卿見宥耶女涕垂膺默不一言亟問之欲言復忍曰負氣去又急而求人難免愧恧楊再三研詰乃曰不知何處來一齷齪隸逼充媵妾顧念淸白裔豈屈身輿臺之鬼然一綫弱質烏能抗拒君如齒妾在琴瑟之數必不聽自爲生活楊大怒憤將致死但慮人鬼殊途不能爲力

女曰來夜早眠妾邀君夢中耳於是復共傾談坐以待曙女臨去囑令晝眠留待夜約楊諾之因於午後薄飲乘醺登榻蒙衣偃臥忽見女來授以佩刀引手去至一院宇方闔門語聞有人搭石撾門女驚曰讎人至矣楊啟戶驟出見一人赤帽青衣蝟毛繞喙怒咄之隸橫目相讎言詞兇謾楊大怒奔之隸捉石以投驟如急雨中楊腕下不能握刃方危急間遙見一人腰矢野射審視之王生也大號乞救王生張弓急至射之中股再射之殪楊喜感謝王問故具告之王自喜前罪可贖遂與共

入女室女戰惕羞縮遙立不作一語案上有小刀長僅尺餘而裝以金玉出諸匣光鑑毫芒王贊歎不釋手與楊略話見女慙懼可憐乃出分手去楊亦自歸越牆而仆於是驚寤聽村雞已亂唱矣覺腕中痛甚曉而視之則皮肉赤腫亭午王生來便言夜夢之奇楊曰未夢射否王怪其先知楊出手示之且告以故王憶夢中顏色恨不真見自幸有功於女復請先容夜間女來稱謝楊歸功王生遂達誠懇女曰將伯之助義不敢忘然彼赳赳妾實畏之既而曰彼愛妾佩刀刀實妾父出粵中百

金購之妾愛而有之纏以金絲辮以明珠大人憐妾夭亡用以殉葬今願割愛相贈見刀如見妾也次日楊申致此意王大悅至夜女果攜刀來曰囑伊珍重此非中華物也由是往來如初積數月忽於燈下笑而向楊似有所語面紅而止者三生抱問之答曰久蒙眷愛妾受生人氣日食烟火白骨頓有生意但須生人精血可以復活楊笑曰卿自不肯豈我故惜之女曰妾接後君必有廿餘日大病然藥之可愈遂與爲懽既而著衣起又曰尚須生血一點能拚痛以相愛乎楊取利刃刺臂出

血女臥榻上使滴臍中乃起曰妾不來矣君記取百日之期視妾墳前有青鳥鳴於樹巔即速發塚楊謹受教出門又囑曰慎記勿忘遲速皆不可乃去越十餘日楊果病腹脹欲死醫師投藥下惡物如泥浹辰而愈計至百日使家人荷鍤以待日既西果見青鳥雙鳴楊喜曰可矣乃斬荊發壙見棺木已朽而女貌如生摩之微溫蒙衣舁歸置煖處氣咻咻然細於屬絲漸進湯酏半夜而蘇每謂楊曰十餘年如一夢耳

王漁洋云結盡而不盡甚妙

白于玉

吳青菴筠少知名葛太史見其文每嘉歎之託相善者邀至其家領其言論風采曰焉有才如吳生而長貧賤者乎因俾鄰好致之曰使青菴奮志雲霄當以息女奉巾櫛時太史有女絕美生聞大喜確自信旣而秋闈被黜使人謂太史富貴所固有不可知者遲早耳請待我三年不成而後嫁於是刻志益苦一夜月明之下有秀才造謁白皙短鬚細腰長爪詰所來自言白氏字于玉畧與傾談豁人心胸悅之留同止宿遲明欲去生囑便道頻過白感其情殷願即假館約期而別至日先一蒼頭送炊具來少間白至乘駿馬如龍生另舍舍之白命奴牽馬去遂共晨夕忻然相得生視所讀書並非常所見聞亦絕無時藝訝而問之白笑曰士各有志僕非功名中人也夜每招生飲出一卷授生皆吐納之術多所不解因以迂緩置之他日謂生曰曩所授乃黃庭之要道仙人之梯航生笑曰僕所急不在此且求仙者必斷絕情緣使萬念俱寂僕病未能也白問何故生以宗𦙍為慮白曰胡久不娶笑曰寡人有疾寡人好色白亦笑

曰王請無好小色所好如何生具以情告白疑未必眞
美生曰此遐邇所共聞非小生之目賤也白微哂而罷
次日忽促裝言別生悽然與語刺刺不能休白乃命童
子先負裝行兩相依戀俄見一青蟬鳴落案間白辭曰
輿已駕矣請自此別如相憶拂我榻而臥之方再欲問
轉瞬間白小如指翩然跨蟬背上嘲哳而飛杳入雲中
生乃知其非常人錯愕良久悵悵自失踰數日細雨忽
集思白綦切視所臥榻鼠跡碎瑣嘅然掃除設席卽寢
無何見白家僮來相招忻然從之俄有桐鳳翔集童捉

謂生曰黑徑難行可乘此代步生慮細小不能勝任僮
曰試乘之生如所請寬然殊有餘地僮亦附其尾上戛
然一聲凌升空際未幾見一朱門僮先下扶生亦下問
此何所曰此天門也門邊有巨虎蹲伏生駭懼僮以身
障之見處處風景與世殊異僮導入廣寒宮內以水晶
爲階行人如在鏡中桂樹兩章參空合抱花氣隨風香
無斷際亭宇皆紅窻時有美人出入冶容秀骨曠世並
無其儔僮言王母宮佳麗尤勝然恐主人伺久不暇留
連導與趨出移時見白生已候於門握手入見簷外清

水白沙涓涓流溢玉砌雕闌殆擬桂闕甫坐卽有二八
妖鬟來薦香茗少間命酌有四麗人歛衽鳴璫給事左
右纔覺背上微癢麗人卽以纖指長甲探衣代搔生覺
心神搖曳罔所安頓既而微醺漸不自持笑顧麗人兜
搭與語美人輙笑避白令度曲侑觴一衣絳綃者引爵
向客便卽筵前宛轉清歌諸麗者笙管敖曹鳴鳴雜和
既闋一衣翠裳者亦酌亦歌尚有一紫衣人與一淡白
軟綃者吃吃笑暗中互讓不肯前白令一酌一唱紫衣
人便來把殘生托接杯戲撓纖腕女笑失手酒杯傾墮

白譙訶之女拾杯含笑俛首細語云冷如鬼手馨強來
捉人臂白大笑罰令自歌自舞舞已衣淡白者又飛一
觥生辭不能釂女捧酒有愧色乃強飲之細覤四女風
致翩翩無一非絕世者遽謂主人曰人間尤物僕求一
而難之君集羣芳能令我眞個銷魂否白笑曰足下意
中自有佳人此何足當巨眼之顧生曰吾今乃知所見
之不廣也白乃盡招諸女俾自擇生顛倒不能自決白
以紫衣人有把臂之好遂使襆被奉客既而衾枕之愛
極盡綢繆生索贈女脫金腕釧付之忽僮入曰仙凡路

殊君宜即去女急起遁去生問主人僮曰早詣待漏去
時囑送客耳生悵然從之復尋舊途將及門回視童子
不知何時已去虎哮驟起生驚竄而去望之無底而足
已奔墮一驚而寤則朝暾已紅方將振衣有物膩然墮
褥間視之釧也心益異之由是前念灰冷每欲尋赤松
遊而尚以嗣續爲憂過十餘月晝寢方酣夢紫衣姬自
外至懷中綳嬰兒曰此君骨血天上難留此物敬持送
君乃寢諸牀牽生衣覆之匆匆欲去生強與爲懽乃曰
前一度爲合巹今一度爲永訣百年夫婦盡於此矣君
倘有志或有見期生醒見嬰兒臥襆褥間綳以告母母
喜傭媼哺之取名夢仙生於是使人告太史身已將隱
令別擇良匹太史不肯生固以爲辭太史告女女曰遠
近無不知兒身已許吳郎矣今改之是二天也因以此
意告生生曰我不但無志於功名兼絕情於燕好所以
不即入山者徒以有老母在太史又以商女女曰吳郎
貧我甘其藜藿吳郎去我事其姑嫜定不他適使人三
四返迄無成謀遂諏日備輿馬妝奩嬪於生家生感其
賢敬愛臻至女事姑孝曲意承順過貧家女踰二年母

亡女質奩作具罔不盡禮生曰得卿如此吾何憂顧念一人得道拔宅飛昇余將遠逝一切付之於卿女坦然殊不挽留生遂去女外理生計內訓孤兒井井有法夢仙漸長聰慧絕倫十四歲以神童領鄉薦十五入翰林每褒封不知母姓氏封葛母一人而已值霜露之辰輒問父所母具告之遂欲棄官往尋母曰汝父出家今已十有餘年想已仙去何處可尋後奉旨祭南岳中途遇寇窘急中一道人仗劍入寇盡披靡圍始破德之餽以金不受出書一函付囑曰余有故人與大人同里煩一致寒暄問何姓名荅云王林因憶村中無此名道士曰草埜微賤貴官自不識耳臨行出一金釧曰此閨閣物道人拾此無所可用卽以奉報視之嵌鏤精絕懷歸以授夫人夫人愛之命良工依式配終不及其精巧徧問村中並無王林其人者私發其函上云三年鸞鳳分拆各天葬母教子專賴卿賢無以報德奉藥一丸剖而食之可以成仙後書琳娘夫人妝次讀畢不解何人持以告母母執書以泣曰此汝父家報也琳我小字始恍然悟王林爲拆白謎也悔恨不已又以釧示母母曰此汝

母遺物而翁在家時嘗以相示又視丸如豆大喜曰我父仙人啖此必能長生母不遽吞受而藏之會太史來視甥女誦吳生書便進丹藥爲壽太史剖而分食之頃刻精神煥發太史時年七旬龍鍾頗甚忽覺筋力溢於膚革遂棄輿而步其行健速家人坌息始能及焉逾年都城有回祿之災火終日不熄夜不敢寐畢集庭中見火勢拉雜寖及鄰舍一家徊徨不知所計忽夫人臂上金釧戛然有聲脫臂飛去望之大可數畝團覆宅上形如月闌釧口向東南隅歷歷可見衆大愕俄頃火自西

來近闌則斜越而東迫火勢既遠竊意釧亡不可復得忽見虹光乍斂釧錚然墮足下都中延燒民舍數萬間左右前後並爲灰燼獨吳第無恙惟東南一小樓化爲烏有卽釧口漏覆處也葛母年五十餘或見之猶似二十許人

夜叉國

交州徐姓泛海爲賈忽被大風吹去開眼至一處深山蒼莽冀有居人遂纜船而登負糗腊焉方入見兩岸皆洞口密如蜂房內隱有人聲至洞外佇足一窺中有夜

叉二牙森列戟目𤉙雙燈爪劈生鹿而食驚喪魂魄急欲奔下則夜叉已顧見之輟食執入二物相語類鳥獸鳴爭裂徐衣似欲啗噉徐大懼取橐中糗糒並牛脯進之分啗甚美復翻徐橐徐搖手以示其無夜叉怒又執之徐哀之曰釋我我舟中有釜甑可烹飪夜叉不解其語仍怒徐再與手語夜叉似微解從至舟取具入洞束薪燃火煮其殘鹿熟而獻之二物噉之喜夜以巨石杜門似恐徐遁徐曲體遙臥深懼不免天明二物出又杜之少頃攜一鹿來付徐徐剝革於洞深處取流水汲煮

數釜俄有數夜叉羣至吞噉訖共指釜似嫌其小過三四日一夜叉負一大釜來似人所常用者於是羣夜叉各致狼麋既熟呼徐同噉居數日夜叉漸與徐熟出亦不施禁錮聚處如家人徐漸能察聲知意輒效其音爲夜叉語夜叉益悅攜一雌來妻徐徐初畏懼莫敢近雌就徐與交大喜每留肉餌徐若琴瑟之好一日諸物早起項下各挂明珠一串更番出門若伺貴客命徐多煮肉徐以問雌雌云此天壽節雌出謂衆夜叉曰徐郎無骨突子衆各摘其五並付雌雌又自解十枚共得五十

之數以野苧爲繩穿挂徐項徐視之一珠可直百十金俄頃俱出徐煑肉畢雌來邀去云接天王至一大洞廣濶盈畝中有石滑平如几四圍俱有石座上一座蒙以豹革餘皆以鹿夜叉二三十輩列坐洞中少頃大風揚塵張皇都出見一巨物來亦類夜叉狀竟奔入洞踞坐鶚顧羣隨入東西列立悉仰其首以雙臂作十字交物按頭點視問臥眉山衆盡於此乎羣鬨應之顧徐曰此何來雌以壻對衆又贊其烹調卽有二三夜叉奔取熟肉陳几上物掬啗盡飽極贊嘉美且責常供又顧徐云

來啖商自言父亦交人商問之而知爲徐商在客中嘗識之因言我故人也今其子爲副總少年不解何名商曰此中國之官名又問何以爲官曰出則輿馬入則高坐堂上一呼而下百諾見者側目視側足立此名爲官少年甚歆動商曰旣尊君在交何久淹此少年以情告商勸南旋曰余亦常作是念但母非中國人言貌殊異且同類覺之必見殘害用是輾轉乃出曰待北風起我來送汝行煩於父兄處寄一耗問商伏洞中幾半年時自棘中外窺見山中輒有夜叉往還大懼不敢少動一

有人氣焉雖童也而奔山如履坦遂與徐依依有父子意一日雌與一子一女出半日不歸而北風大作徐惻然念故鄉攜子至海岸見故舟猶存謀與歸子欲告母徐止之父子登舟一晝夜達交至家妻已醮出珠二枚售金盈兆家頗豐子取名彪十四五歲能舉百鈞粗莽好鬬交帥見而奇之以為千總值邊亂所向有功十八為副將時一商泛海亦風飄至臥眉方登岸見一少年視之而驚知為中國人便問居里商以告少年乃曳入幽谷一小石洞洞外皆叢棘且囑勿出去移時挾鹿肉

來啖商自言父亦交人商問之而知為徐商在客中嘗識之因曰我故人也今其子為副總少年不解何名商曰此中國之官名又問何以為官曰出則輿馬入則高坐堂上一呼而下百諾見者側目視側足立此名為官少年甚歆動商曰既尊君在交何久淹此少年以情告商勸南旋曰余亦常作是念但母非中國人言貌殊異且同類覺之必見殘害用是輾轉乃出曰待北風起我來送汝行煩於父兄處寄一耗問商伏洞中幾半年時自棘中外窺見山中輒有夜叉往還大懼不敢少動一

日北風策策少年忽至引與急竄囑曰所言勿忘却商應之乃歸徑抵交達副總府備述所見彪聞而悲欲往尋之父慮海濤妖藪險惡難犯力阻之彪撫膺痛哭父不能止乃告交帥攜兩兵入海逆風阻舟擺簸海中者半月四望無涯咫尺迷悶無從辨其南北忽而湧波接漢乘舟傾覆彪落海中逐浪浮流久之被一物曳去至一處竟有舍宇彪視之一物如夜叉狀彪乃作夜叉語夜叉驚訊之彪乃告以所往夜叉喜曰臥眉我故里也唐突可罪君離故道已八千里此去為毒龍國向臥眉

非路乃覓舟來送徐夜叉在水中推行如矢瞬息千里過一宵已達北岸見一少年臨流瞻望彪知山無人類疑是弟近之果弟因執手哭既而問母及妹並云安健彪欲偕往弟止之倉忙便去回謝夜叉則已杳矣未幾母妹俱至見彪俱哭彪告其意曰恐去為人所凌彪曰兒在中國甚榮貴人不敢欺歸計已決苦風逆難渡母子方徊徨間忽見布帆南動其聲瑟瑟彪喜曰天助吾也相繼登舟波如箭激三日抵岸見者皆奔彪向三人脫分袍袴抵家母夜叉見翁怒罵恨其不謀徐謝過不

進家人拜見主母無不戰慄彪勸母學作華言衣錦厭粱肉乃大欣慰母女皆男兒裝數月稍辨語言弟妹亦漸白皙弟曰豹妹曰夜兒俱强有力彪耻不知書教弟讀豹最慧經史一過輒了又不欲操儒業仍使挽强弩馳怒馬登武進士第聘阿游擊女夜兒以異種無與爲婚會標下袁守備失偶强妻之夜兒能開百石弓百餘步射小鳥無虛落袁每征輒與妻俱歷任同知將軍奇勳半出於閨門豹三十四歲掛印母嘗從之南征每臨巨敵輒擐甲執鋭爲子接應見者莫不辟易詔封男爵

豹代母疏辭封夫人

異史氏曰夜叉夫人亦所罕聞然細思之而不罕也家家牀頭有个夜叉在

老饕

邢德澤州人綠林之傑也能挽强發連矢稱一時絶技而生平落拓不利營謀出門輒虧其貲兩京大賈往往喜與邢俱途中恃以無恐會冬初有二三估客薄假以貲邀同販鬻邢復自罄其囊將共居貨友有善卜因詣之友占曰此爻爲悔所操之業卽不母而子亦有損焉

邢不樂欲中止而諸客强速之行至都果符所占臘將
半匹馬出都門自念新歲無貲倍益怏悶時晨霧濛濛
暫趨臨路店解裝覓飲見一須白叟共兩少年酌北牖下
一僮侍黃髮蓬蓬然邢於南座對叟休止僮行觴悞翻
柈具汚叟衣少年怒立摘其耳持巾捧帨代叟揩拭既
見僮手拇俱有鐵箭鐶厚半寸强每一鐶約重二兩餘
食已叟命少年於革囊中探出鏹物堆纍几上稱秤握
算可飲數杯時始緘裹完好少年於櫪下牽一黑跛騾
來扶叟乘之僮亦跨羸馬相從出門去兩少年各腰弓

矢捉馬俱出邢窺多金窮睛旁睨饞燄若炙輟飲急尾
之覘叟與僮猶欵段於前乃下道斜馳出叟前銜關
弓怒相向叟俯脫左足靴微笑云而不識得老饕耶邢
滿引一矢去叟仰臥鞍上伸其足開兩指如箝夾矢住
笑曰技但止此何須而翁手敵邢怒出其絕技一矢剛
發後矢繼至叟手掇其一似未防其連珠後矢直貫其
口踣然而墮銜矢僵眠僮亦下邢喜謂其已斃近臨之
叟吐矢躍起鼓掌曰初會面何便作此惡劇邢大驚馬
亦駭逸以此知叟異不敢復返走三四十里值方面綱

紀囊物赴都要取之署可千金意氣始得揚方疾鶩間聞後有蹄聲回首則僮易跛騾來駛若飛叱曰男子勿行獵取之貨宜少瓜分邢曰汝識連珠箭邢某否僮曰適已承教矣邢以僮貌不揚又無弓矢易之一發三矢連遝不斷如羣隼飛翔僮殊不忙迫手接二口銜一笑曰如此技藝辱寞煞人乃翁傯遽未暇尋得弓來此物亦無用處請即擲還遂於指上脫鐵環穿矢其中以手力擲嗚嗚風鳴邢急撥以弓弦適觸鐵環鏗然斷絕弓亦綻裂邢驚絕未及覷避矢過貫耳不覺翻墜僮下騎

將便搜括邢以弓臥撻之僮怒奪弓去拗折爲兩又復總折爲四拋置之已乃一手握邢兩臂一足踏邢兩股臂若縛股若壓極力不能少動腰中束帶雙疊可駢三指許僮以一手捏之隨手斷如灰燼取金已乃超乘作一舉手致聲孟浪霍然逕去邢歸卒爲善士每向人述往事不諱此與劉東山事蓋髣髴焉

姬生

南陽鄂氏患狐金錢什物輒被竊去迕之祟益甚鄂有甥姬生名士素不羈焚香代爲禱免卒弗應又祝舍外

祖使臨已家亦不應衆笑之生曰彼能幻變必有人心我固將引之俾入正果三數日輒一往視之雖固不驗然生所至狐遂不擾以故鄂常止生宿生夜望空請見邀益堅一日生歸獨坐齋中忽房門緩緩自閉生起致敬曰狐兄來耶殊寂無聲一夜門自開生曰倘是狐兄降臨固小生所禱祝而求者何妨即賜光霽卽又寂然而案頭錢二百及明失之生至夜增以數百中宵聞布幄鏗然生曰來耶敬具時銅數百以備取用僕雖不充裕然非鄙吝者若緩急有需用度無妨質言何必盜竊

少間視錢脫去二百生仍置故處數夜不復失有熟雞欲供客而亡之生至夕又益以酒而狐從此絕迹矣鄂家祟如故生又往祝曰僕設錢而子不取設酒而子不飲我外祖衰邁無爲久祟之僕備有不腆之物夜當憑汝自取之乃以錢十千酒一尊兩雞皆聶切陳几上生臥其傍終夜無聲錢物亦如故自此狐怪以絕生一日晚歸啟齋門見案上酒一壺爓雞盈盤錢四百以赤繩貫之卽前所失物也知狐之報嗅酒而香酌之色碧綠飲之甚醇壺盡半酣覺心中貪念頓生驀然欲作賊便

啟戶出思村中一富室遂往越其牆牆雖高一躍上下如有翅翎入其齋竊取貂裘金鼎而出歸置牀頭始就枕眠天明攜入內室妻驚問之生囁嚅而告有喜色妻初以爲戲既知其眞駭曰君素剛正何忽作此生恬然不爲怪因述狐之有情妻恍然自悟是必酒中之狐毒也因念丹砂可以却邪遂覓研入酒使飲之少頃忽失聲曰我奈何作賊妻代解其故爽然自失又聞富室被盜譟傳里黨生終日不食莫知所處妻爲之謀使乘夜拋其牆內生從之富室復得故物其事遂寢生歲試冠

軍又舉優應受倍賞及發落之期道署梁上粘一帖云姬某作賊偷某家裘鼎何爲行優梁最高非跂足可粘文宗疑之執帖問生生愕然念此事除妻外無知者況署中深密何由而至因悟曰此必狐爲之也遂緬述無諱文宗賞禮有加焉生每自念無所取罪於狐所以屢陷之者亦小人之恥獨爲小人耳

異史氏曰生欲引邪入正而反爲邪惑狐意未必大惡或生以諧引之狐以戲弄之耳然非身有夙根室有賢助幾何不如原涉所云家人寡婦以盜汚遂行婬哉吁

可懼也

吳木欣云康熙甲戌一鄉科令浙中點稽凶犯有竊盜已刺字訖例應逐釋嫌竊字減筆從冈非官板正字使刮去之候創平依字彙中點畫形象另刺之盜口占一絕云手把菱花仔細看淋漓鮮血舊痕斑早知面上重爲苦竊物先防識字官禁卒笑之曰詩人不求功名而乃爲盜盜又口占答之云少年學道志功名只爲家貧悞一生冀得貲財權子母囊遊燕市博恩榮即此觀之秀才爲盜亦仕進之志也狐授姬生以進取之資耳

大力將軍

查伊璜浙人清明飲野寺中見殿前有古鐘鐘大於兩石甕而上下土痕手迹滑然如新疑之俯窺其下有竹筐受八升許不知所貯何物使數人摳耳力掀舉之無少動益駭乃坐飲以伺其人居無何有乞兒入攜所得糗精堆纍鐘下乃以手起鐘一手掬餌置筐內往返數四始盡已復合之乃去移時復來探取食之食已復探輕若啟櫝一座盡駭查問若男兒胡行乞答以啗噉多

無傭者查以其健勸投行伍乞人憱然慮無階查遂携
歸餌之計其食畧倍五六人爲易衣履又以五十金贈
之行後十餘年查猶子令於閩有吳將軍六一者忽來
通謁欵談間問伊璜是君何人荅言爲諸父行與將軍
何處有素曰是我師也十年之别頗復憶念煩致先生
一賜臨也漫應之自念叔名賢何得武弟子會伊璜至
因告之伊璜茫不記憶因其問訊之殷卽命僕馬投刺
於門將軍趨出逆諸大門之外視之殊昧生平竊疑將
軍悞而將軍傴僂益恭肅客入深啟三四闗忽見女子

往來知爲私廨屏足立將軍又揖之少間登堂則捲簾
者移座者並皆少姬旣坐方擬展問將軍頤少動一姬
捧朝服至將軍遽起更衣查不知其何爲衆姬捉袖整
襟訖先命數人捺查座上不使動而後朝拜如覲君父
查大愕莫解所以拜巳以便服侍坐笑曰先生不憶舉
鐘之乞人耶查乃悟旣而華筵高列家樂作於下酒闌
羣姬列侍將軍入室請衽何趾乃去查醉起遲將軍巳
於寢門外三問矣查不自安辭欲返將軍投轄下鑰錮
閉之見將軍日無他作惟點數姬婢廝養卒及騾馬服

用器具督造記籍戒無虧漏查以將軍家政故未深叩一日執籍謂查曰不才得有今日悉出高厚之賜一婢一物所不敢私敢以半奉先生查愕然不受將軍不聽出藏鏹數萬亦兩置之按籍點照古玩牀几堂內外羅列已滿查固止之將軍不顧稽婢僕姓名已卽令男爲治裝女爲斂器具囑敬事先生百聲悚應又親視姬婢登輿廐卒捉馬騾闐咽並發乃返別查後查以修史一案株連被收卒得免皆將軍力也

異史氏曰厚施而不問其名眞俠烈古丈夫哉而將軍之報其慷慨豪爽尤千古所僅見如此胸襟自不應老於溝瀆以是知兩賢之相遇非偶然也